光の記憶
MEMORIES OF LIGHT

重田 裕美子
Yumiko Shigeta

文芸社

目次

第一章　あたたかい場所へ

第一章

あたたかい場所へ

心の言葉

心の真中に
言葉の無い空間がある
私が言葉を知る以前にいた世界

空は彼方へと続き
海は果てしなく深く
花は枯れることを知らない
大気は優しく
陽の光は優雅な煌めきを携え
泉から聖なる波動が湧き出《いで》る
生きとし生ける
強きもの
はかなきもの

それらの全てに
輝ける生命が宿っている

心はその真中に
宇宙と繋がる
言葉の無い空間を持つ
私は宇宙の一点となる

心の奥の言葉の無い空間が
私に言葉を与える
言葉に生命を与える
静寂が創り出す悠久の流れの中に
私は私を憶《おも》い出す

地球を覆う一枚の柔らかな網目となり
そして言葉は一切を紡ぎ出す

青の記憶

私の心は
空の青を憶えている
その柔らかな感触を
その純粋なる広がりを
その崇高なる抱擁を

この星に住まう人々の
祈りの行きつく先を——

いま
ひとり地に立って
見上げる青

雲の隙間に見る青ほど
遠き色だと想わせる

人々の涙よ
宙を突き抜け
遥かな青に融けて行け
しばしの哀しみと
しばしの虚しさを抱えて

いつの日か
全ての引力を失って
また
青の中へと
還る日が来るまで

三次元の詩《うた》

春の風の吹き抜ける堤防に
数多くの黒い花が揺れている
黒い毛虫の亡骸が
静かに枝の先に揺れている

この地面に這いつくばって
ときに自転車にも轢かれながら
彼らは空を飛びたいと願う

そして彼らの魂は枝の先から
大空へと飛び立った
束縛も苦しみも無い
自由な大空へと

しかしまた
彼らは生まれる
この哀しみの場所に

風に揺れる黒い花に
私は哀愁を感じない
清々しさや悦びを感じるのは
なぜだろう

きっと彼らは
飛び立てる幸せを誰かに教えたくて
またこの世界へと
舞い戻って来るのだろう

羽根

わたしは
小さな鳥の
小さな羽根になりたい

そらから舞い降り
小さなこの世界を
しずかに
微笑みながら
ゆっくりと
みわたしながら
ときにまた
風に舞いあがり
そのひとときを

たのしむ

最後には
きみの背中に
降りていって
きみのために
大きな翼に
なりましょう

こころのふるさと

きみに伝えたいことがある
きみはもう忘れてしまっているだろうから
空の向こう側にある
きみが今の世界に生まれる前にいた
こころのふるさとから

湧き出《いで》る慈しみをかさねて
つくられた世界から
ぼくらはきみを
いつも見ている
きみはもうこのあたたかな光を
忘れてしまっているだろうから

いまきみのために
ぼくは祈りを捧げる
隔てるもののない自由な世界から
隔てるもので築かれたその世界へと

この祈りが
きみのこころに届くまで——

きみに贈りたいものはたくさんあるのに
きみは大切なものを
箱の中から探し出そうとしている
こころのふるさとからの贈りものは
箱の中には入らないものなのに

きみのこころの中だけに
そっと届けているのだから

初恋

いつか風になって空を飛んで
そしてキミの手をとりに行く

風に舞う砂のなかに
道端に咲くシロツメ草のなかに
車窓を過ぎる雲のなかに
去来する問いのなかに
キミを見ていた

時間《とき》をもたない世界ならば
ずっとこのまま
キミを想うのに——
ぼくはいつか大人になる

創造者

昨日の私は哲学者
木漏れ日の降る白い砂利道を
いつかの祈りの答えを探し歩いていた

今日の私は音楽家
若葉が芽吹く時の森の音を
心の旋律で奏でている

明日の私は詩人になろう
糸を紡ぐ仕草のように
言葉を自在に編んで、君に語ろう

永遠なる心は
偉大なる創造者
なぜなら
永遠なる心とは
偉大なる
大哲学者であり
大音楽家であり
大詩人であり――
全ての創造主であられる
仏神と繋がる場所なのだから

鏡

鏡はきらい
ほんとうに大切なものを
映していないから
真実の姿を
映していないから
華やかで大げさ過ぎるから
なぜならそれは
人間が作ったものだから

私の「心」という鏡には
ものごとの本質まで
映すことができるの
形の奥にある

形を持たないものさえ
映すことができるの
ときに誰かの心に反射する
愛とか勇気とか優しさとかが
キラキラ光って私を彩る
私は心の鏡で美しくなれる

なぜならそれは
神さまの創られたものだから

影

私の影は伸びてゆく
私の影は手をつなぐ

隣のあなたと手をつなぐ
野良犬と手をつなぐ
樅の木と手をつなぐ
三角屋根と手をつなぐ
山の向こうと手をつなぐ
地平線と手をつなぐ

みんなの影が手をつなぎ
やがて大きな夜がくる

つつまれて

この限りなく広がる大空と
この緑に萌える山の端と
この微笑みかける花々の煌めきと
この降り注ぐ陽の光と
この滴り落ちる星の雫と――

そして
あなたの愛に
つつまれて
毛布もかけず
昼夜もなく
わたしは眠る

荷物

重い荷物を持った旅人が言った
「私は桃源郷を見たいのです」
村人は言った
「その大きな荷物を背負ってですか」
旅人は言った
「これは私が生まれた時から背負っているものです」
村人は呟いた
「桃源郷へ急ぐ人は荷物を背負う人が多すぎる」

旅人は山を登り、ひとつの場所へ辿り着いた
「私は桃源郷を見たいのです」
門番は言った
「あなたにはまだ早すぎます」

旅人は言った
「どうしてですか。せっかくここまで苦労して来たのに」
門番は言った
「あなたの荷物の中身は何ですか」
旅人は言った
「この荷物は生まれた時からずっと背負っているもので、
中身を見たことはありません」
門番は言った
「そのなかには、
あなたが今回の人生で解決しなくてはならない
いくつかの問題が入っているのです。
全ての荷物を降ろしてからでないと、
桃源郷へは入れません」

ニュース

　さて本日のニュースです。
〇〇国が××国に対し、
武力行使を再開し、
首都中心部を攻撃、
約二千名の死傷者が
出たもようです。
それでは現地の小川さん……
　次のニュースです。
秘書給与流用問題で
調査の続いていた
〇×党の×〇議員に、
党執行部は、離党勧告の
処分を表明しました。

最後のニュースです。
△△国の、難病の為
日本での治療を必要としていた
四歳のリンちゃんが、
本日午後、医師団の迎える中
東京の病院に到着しました。
では、森さん……

世界には
ニュースが溢れていて
世界には
悦びも
哀しみも
驚きも
不安も
感動も

溢れていて
そして
数多くの矛盾も
溢れていて
それゆえ沸き起こる
遣る瀬無さも
わずか三十分の
番組の間に
消化してしまっていて

そういう
ありふれた日常に
今日もぼくらは
生きていて

未完成の詩《うた》

山があるから
登りたいと考える
空があるから
飛びたいと考える
海があるから
潜りたいと考える
つまずくから
転ばないようにと考える
嫌いになるから
心の器を広げようと考える

そして私は考える
乗り越える強さを
手にするために
私たちは
生きているのだと

自己像

私という一本の線は
世界というキャンバスの上で
幾何学の文様を描き

ときに幻想へと誘う迷路のように
出口を探し
ときに駆け巡る毛細血管のように
熱く漲り
ときに狭い路地を抜ける木枯しのように
軽やかに
あるいは枯れた老木の根のように
絡み合い
一瞬という時を愉しみ変化する

この偏狭な空間の端々にまで
極限の弧を描きながら――

私はそれらを掴もうとするが
また一本の線へと
行儀よく折りたたまれる

あれは
十八の頃の自己像

奉仕

「かなしみ」は
「よろこび」に
そっと一輪の花を添えた

「よろこび」は
「かなしみ」の
肩をそっと抱いた

そして
ふたりは手をつなぎ
ひとつの
「つよさ」が
生まれた

連鎖

一台のトラックが道を横切る
一台のトラックが道を横切ると
道端の花がサワサワと揺れる
道端の花がサワサワと揺れると
虫たちが一斉に飛び立つ
虫たちが一斉に飛び立つと
それを目掛けて鳥がやって来る
それを目掛けて鳥がやって来ると
鎖に繋がれた犬がワンワンと吼える
鎖に繋がれた犬がワンワンと吼えると
隣の家の赤ちゃんが泣き出す
隣の家の赤ちゃんが泣き出すと
お母さんがミルクを買いに行く

お母さんがミルクを買いに行くと
近所のおばさんとおしゃべりする
近所のおばさんとおしゃべりすると
あらもうこんな時間
あらもうこんな時間になると
トラックに乗っていたお父さんが帰って来る

こんなふうにして地球は今日も
クルクルと愉しげに回っている

虫の発表会

雨の日には
傘をささないと濡れてしまいます
風の日には
窓を閉めないと飛ばされてしまいます
木枯しの日には
コートを羽織らないと凍えてしまいます
晴れの日には
うす着をするとやけどして
たくさん着ると動けません
食事は
三食たべないといらいらしてしまいます
在るものに満足せず
無いものに気を執《と》られています

彼らの宝ものは
一番目にこころだと教えますが
二番目以降のお金や名刺や洋服のほうを
大切にします

それがぼくらの観察した
「にんげん」という生き物です

母と子

（子）「ぼくらはどこから生まれてくるの？」
（母）「おそらの遠いところの、神さまの国からよ」
（子）「ぼくらはどうして生まれてくるの？」
（母）「まだ、お勉強がのこっているからよ」
（子）「なにを勉強するの？」
（母）「モノがいっぱいあって、モノでできてるこの世界に
　　生まれて、モノよりも大切なものに出会うためよ」
（子）「モノよりも、大切なものって？」
（母）「うれしいとか、かなしいとか、ありがとうとか、
　　せいこうとか、しっぱいとか、そういうことを
　　いっぱい経験して大きくなることよ」
（子）「神さまの国で、そのお勉強はできないの？」
（母）「神さまの国はね、ほしいものは思えば手にはいるし、

やりたいことは、なんでもできちゃうの。
だから、人にとっていちばん大切な、
努力するっていうことの大切さを学ぶために、
こっちの世界にもときどき生まれるの」

（子）「どりょく？」

（母）「そうよ。せいこうもしっぱいも大切だけれど、
大切なことは、どれくらい努力できる人になるかって
ことなのよ。努力することを身につければ、
あっくんも、とっても大切なものに出会えたことに
なるのよ」

（子）「あしたまた、つづきお話ししてね」

（母）「うん。あしたね。おやすみなさい」

てんしとにんげんのかいわ

「きみのせかいには、なにがあるの？」

「よろこびとたのしさと、どこまでもとうめいで
キラキラひかるあたたかいひとたちのせかいだよ」

「きみのせかいにはなにがあるの？」

「かなしみとくるしみと、ちょっぴりのなみだと、
ごろごろとしてぶつかっちゃうモノたちと、
それらをのりこえることであたえられる、
ゆうきと、やさしささ」

「それできみたちは、そんなにかがやいているんだね。
ああ、なんだかぼくも、ちじょうに
うまれてみたくなっちゃったなあ」

時の神さま

今日も時の神さまの宮殿は
過去をどうにかしたいという人でいっぱいです

「神さま、どうか私を過去に戻してください。

私は、どうしようもない罪をおかしたのです」

「いやいや神さま、私の過去こそ、消し去ってください。もうこのままでは、生きてゆくことさえできません」

神さまは、しずかに言いました
「時を戻すことは、私にもできん。
しかし、過ちをおかした時間を、黄金にかえる方法は、教えてやろう。

それは、心から罪を悔い改めることじゃ。

涙を流し、心の底からわびることじゃ。

そのときに、お前たちの罪は、許されよう。

罪をおかさぬ人間などいない。

大切なことは、その後どのように生きたかということなのじゃ。

お前たちは、心をかえよ。

そうすれば、罪をおかした時間でさえ、黄金の時間となって、お前たちの未来を輝かせることになるじゃろう」

おこりんぼうのふわふわ

ぼくは　たっくんのふわふわ
いつもにこにこしてるから
やさしいふわふわ

ぼくは　けんちゃんのふわふわ
いつもいじいじしてるから
すみっこのふわふわ

ぼくは　ともくんのふわふわ
いつもぷんぷんしてるから
おこりんぼうのふわふわ

きょうしつには
えへんえへんのふわふわ
ぽつりぽつりのふわふわ
ぐすんぐすんのふわふわ
いらいらのふわふわ
よしよしのふわふわ
どきどきのふわふわ
がりがりのふわふわ

ぼくらは
みんなのこころのかたちの
ふわふわ

カガクノチカラ

ぼくの夢は、
病気の自分の体のなかに入っていって
悪い細胞をやっつけること。
最近カガクではナノテクノロジーの
研究が進んでいる。
一ナノメートルって、
十億分の一メートルのことなんだ。
十億分の地球は、ビー玉一個（分数だよ）。
もし人間がちっちゃくなったとして、
一億分の一メートルが十ナノメートルで
DNAの二重らせんが見えて、
一ナノメートルでは
DNAの分子構造が見えてくるんだって。

分かる?
だから、物質の最小単位は原子なんだけど、
その原子が集まったのが、分子でしょ。
で、原子を作ってる電子ってのがあって、
(これは波としての性質があるんだけど)
みんな波だから物質を通り抜けちゃうんだって。
おもしろいよね。
目に見えて触《さわ》れるモノって、
みんな波から出来てるなんてね。
ぼくらもほんとは、波なんだよって
お母さんに言ったんだけど、
何でよって言われて、ここまで説明するの
面倒だから、そんときはやめといたけど。
でね、びっくりしちゃうかもしんないけど、
今はもう、ナノテクノロジーのおかげで
分子とか原子とかを操作できちゃうんだよ。

おどろいた?
んで、最初に言ったでしょ、ぼく、病気なの。
でも、ナノバイオテクノロジーが発達すれば、
抗生物質を設計して、作っちゃうことも
できるんだって。
それに、ナノマシンを体に入れて、
悪いとこも治して戻ってくることだって
できちゃうんだって。ほんとだよ。
だから、ぼくには夢があるって言ったでしょ。
あと、鉄の千倍も強い材料が作れたり、
大気中の有害物質を分解したり、
百億年分の本を角砂糖一個分のメモリに
入れたりできるんだって。
びっくりだよね。
ぼくらの正体は物質じゃないんだから、
そうなったらきっと、カガクは神さまの

世界まで体験できちゃうかもね。
こんど生まれて来るときが、
すっごい楽しみだと思わない?
こうなったら、今回病気で死んじゃっても、
今度は病気にもかかんないかもね。
カガクって、なんだかちょっと
魅力的だと思った?
発達しすぎじゃないって思った?
ぼくも何でかなあって考えたんだけど、
それってきっと、
神さまの世界を解明するために、
あるのかもね。
んじゃ、また。こんど生まれたときにね。

よっつの目

きみは、よっつの目を持っている

ひとつは愛の目
きみはその目に映る世界のなかで
ゆたかな心の人となる
きみをすべての破壊から守り
理解の道へと導いてくれるだろう

ひとつは知恵の目
きみはその目に映る世界のなかで
自由自在の心を持つ
きみをすべての縛りから解き放ち
悩みや迷いを断つことができるだろう

もうひとつは自分自身を見る目
きみの目は、人は見えても自分は見えていない
自分を知ることが人を知ること
きみはその目で
世界の理《ことわり》を知ることができるだろう

よっつめの目は
このみっつの目で見る世界のなかに
きみの心が悦びに満たされて見えてくるもの
きみの心は磨けば光るダイヤモンドの原石
きみは心の輝きという最高の幸福を
目にすることができるだろう

このよっつを心の目という

しく（四苦）

いちばんしあわせなひと
きょう　生まれるひと
むなしいこのよに
ひとつのひかりをたずさえて

いちばんしあわせなひと
きょう　老いるひと
はかないいのちのむこうに
えいえんをみる

いちばんしあわせなひと
きょう　病のひと
にくたいはいたみ
こころはにくたいをこえる

いちばんしあわせなひと
きょう　死んでゆくひと
しんじつのすがたにもどり
このよにほほえみをのこす

しくのくるしみをしり
ひとは
このよにとらわれず
ほんとうのしあわせを
さがしはじめる

きみに贈る詩《うた》

きみは無くしたんだね
進んで来た道のりが
あまりにも急な坂道だったから

ポケットに入れた
きれいな硬貨ふたつと
その笑顔のうつくしさを

きみが涙を流すとき
ぼくは白い小さな鳥になって
きみのそばで歌をうたおう
きみがひとり佇むときは
ぼくは窓辺に咲く花になって

きみに陽の光をそっと届けよう
きみが歩き始めるのなら
ぼくは暗い夜には空に昇って星になって
きみの前に伸びる道を照らしだそう
きみが哀しくうつむくときには
ぼくは朝には湖の水面で
きみを映すきらめきになろう

ぼくはいつも
ここにいるよ
きみが
笑顔を取り戻したときに
ぼくはそっと
きえてなくなるだろう

幸せを探しに！

旅に出ませんか？
「幸福を探しに」
…なんて言うとちょっと
お互い照れちゃいますけど
でも、探してるものは
みんなおんなじですからね
「これさえあれば幸福なのに」
「これが私の不幸のもとだ」
とかなんとか人生について
いろいろな条件をつけては
旅に出るのをためらって来たのでしょう
幸福か不幸かの判断を
旅に出るまえに決めちゃってません？

そんなのちっちゃいよ！
なんて言う私もそうだったんですけど
ちょっとした結果に
一喜一憂してみたり
つかんだものを離せなかったのよね
今思うと

空は澄んでるし
風はあたたかだし
旅びよりってとこかな

さあ
一緒に出かけましょう
私たちの心を成長させる
素晴らしい旅に！

過去・現在・未来

そこにいるのは誰？
背後から忍び寄り
音も無く近づいて来るのは
過去の亡霊？
僕はスクルージになってしまったのか？
クリスマスでもあるまいに！
ああ、前からやって来るのは
未来の亡霊なのか
僕が一体何をしたというのだ

「わたしはあなたであり
あなたはわたしである」

どこにも逃げられない
どこへも逃げられない
後ろにも
前にも
そして今この場所にも
逃げ場は見つからない

そう呟くと
僕はまた
現在という自分の影に
怯え始める

宇宙《そら》へ

わたしは宇宙に手をのばし
ひとしずくの光をつかんだ

これは昨日のお陽さまの光?
それとも遅れてひかるお星さま?
それとも世界のどこかで
だれかが見つけた希望のかけら?
それともだれかの喜びの記憶?
だれかがだれかを好きになった
そのときのときめき?
それとも
神さまの流した涙?

だから宇宙はそんなに
ひろがるの？
だれかに届けたい光で
いっぱいだから
そんなにかがやくの？

だからわたしたちは
宇宙を見上げるの？

「人を愛する」ということ

人を愛するということ
うれしいこと
かなしいこと
人を愛するということ
せつないこと
ひとりぼっちになること
人を愛するということ
ここにあなたがいるということ
ここにわたしがいるということ
人を愛するということ
きずつくこと
おそれること

人を愛するということ
うわべのとりつくろいと
こころのなかのむなしさと
人を愛するということ
なみだのおくにとざしたことばと
いかりのおくのさみしさと
人を愛するということ
てにはいらないくるしみと
うまれてはきえてゆくはかなさと
人を愛するということ
じんせいのくらやみのなかに
おたがいにてさぐりでいきていること
人を愛するということ
ほんとはみんなあいされたいこと
あいされたいとさけんでいること
人を愛するということ

それらを
ぜんぶぜんぶ
わかってあげるということ

決意

朝の決意
昼間の現実
夕方の嘆き
そして
夜の静寂――

一万九百五十回もの
決意をして
生きてきて
そしてこれから
一万八千二百五十回もの
決意をして
私はまた
生きてゆく

天使たち

窓のそばの天使
哀しみを外へと逃がし
悦びを連れてくる

屋根の上の天使
人々が争わないようにと
遠い人たちの心を結んでいる

雲の上の天使
地上を憂い
ひとつのひかりを降ろしている

私のとなりの天使
いつもいつも祈っている
天に祈りを捧げている
私のいのちが終わるまで

あたたかい場所へ

あなたはどこにいるの?
——ずうっと深い海の底

あなたはどこにいるの?
——ずうっと広い宇宙のすみっこ

となりにいるのに
こころはべつの場所

もっと
やさしい場所へ
もっと
ゆたかな場所へ

こころは
どこへでもつながる
どこへでも飛んでゆける

もっと
あたたかい場所へ
もっと
あたたかな場所へ

ここにいても
こころは
どこへでも行けるのだから

もっと——
光のひろがる場所へ——

第二章　真実の扉

真実の場所

その見えざる手は
目に見える手よりも確実で
心に響き渡る声は
耳で聞くよりも現実で
無限に広がる愛の感覚は
この世の混沌よりも真実で
そこから蘇る意識は
宇宙をも超えて永遠で
ただひとつの場所へと私を導く

冬の前に

私の心理は揺らぐ木の葉に似ている
遷《うつ》る季節の残像を追う微かな瞑想と
消えて無くなる前の焦燥

〝光は確かに私を生かした――〟

やがて地面に落ちて
枯れ葉となって土の中に忘却するまでの
儚《はかな》い一瞬の舞いは
永遠の余韻を残す心の軌跡

なぜ予感は私を変えなかった？
この厳しい冬が訪れる少し前に
この仮の世界を旅立つ少し前に

死と生誕

はじめての風に
はじめて立ち向かった日よりも遠く
はじめての朝の陽射しよりもまどろむ

肉体は呼吸を忘れ
魂は静かに起き上がる

私は土を抱き
土は私を抱く
——肉体は地に伏し
私は風を抱き
風は私を抱く
——魂は天へと還る

はじまりは小さな音で
それから魂が打ち震えるほどの大音響で
昇天へのファンファーレが鳴り響き
天国の楽団が「永遠」という曲を奏でる

私はまた生まれる
懐かしきあの光の世界へと！
汗と血に塗《まみ》れた外套は純白の衣へと変貌し
天使は微笑み私の手を取り煌めきの彼方を見上げる

どこの国の王の勝利も
天国への魂の凱旋の法悦には及ばない
終わり無き新生の儀式に湧き起こる
新たなる決意の悦びのほどには

もしも

もしも空が青く透明でなかったら
人は心の在り処《ありか》を求めなかっただろう
もしも海の波がきらめきに変わらなければ
人は涙を流さなかっただろう
もしも雲が風に吹かれなかったなら
変転する時間の優しさに気づかなかっただろう
もしも山がその地を隔てていなければ
あなたに出会うことはなかっただろう

もしも花がやがて枯れてゆかなければ
人は謙虚さを忘れてしまうのだろう

もしも——
すべての人々を結ぶ愛の糸が目に見えたなら
人は祈りの言葉を探さなかっただろう

もしも——
この地上の光が闇を超えなければ
世界中の絵画のなかの神々さえも
その姿を隠してしまわれることだろう

光よ、

ただそれだけの衝動で
きみは自分を見限るのか
見えなくなった影の向こうに
あらたな隔たりさえ築こうとして

ただそれだけの失望で
何も求めなくなるというのか
誤解で成り立った常識のなかに
一片の真実を見出そうとして

ただそれだけの迷妄で
もう人を信じないというのか
明日またここに昇る陽の真下で

殻の中から射さない光を凝視して

ただそれだけの臆病が
底知れぬ無限大の悲しみを纏《まと》い
きみに偽善者を装わせる
何かを掴もうとしてその手に力は無く
天を仰ぐ術さえ忘れて

光よ、
きみの手の中に
たったひとりのきみの手に
たったひとりの稀有なる魂に
光よ、
光よ――
また射し来らんことを

歴史

何もかもが途中なのに
何もかもが完璧を装う
窓にとまった虫でさえ
虚偽という名の蜜を吸い始める

（神の示す普遍の愛を薪と共に火の中にくべ――）
（神の降ろす教えを常識という狂った秤に掲げ批評し――）
（神の築く理想の国を武器を以て悉く《ことごと》占領し――）

幾億の聖なる魂の屍の上に築かれた
現代という砦
一時期の城塞
壊すことと

築くことの
繰り返しの歴史
同じ「空白」という土台の上で
(勝利の女神が微笑みの表情を忘れ去ってもなお——)
「心」はどこに居場所を探すのだろう
破壊された地上の倫理のその上に

果てへ

憎しみの果てるところ
哀しみの果てるところ

この世にそんな場所があるのなら
墜落することの無い紙飛行機に乗って
沈むことの無い砂の船に乗って
黄金の塊で街を創りに行きましょう

この世にそんな場所がないのなら
私は今日もこつこつと
小さな光の種を蒔きましょう

光の記憶

魂の恍惚——
真実の住まうところ

言葉はどこに探せばよいのか
辞書など脳の隙間を埋める片言の羅列に過ぎず
詩人は言葉のない苦悩の世界に生きて
真実の意思を受ける器を磨き
瓦礫の上に降臨する光の暗号を解きほぐす

この世は言葉で創られた
最初の言葉を築くための意思を発した者は誰か
それこそ詩人の還るべきところ

いま――
心の核を織り成すのは
ただひとつの光景だけ
ただ光に擁《いだ》かれたその記憶だけ
ときに抽象的な世界のなかに
真実はその身を具体化して

言葉はそこから誕生した
真実をしるすための聖なる刻印として
人々の迷妄を打ち砕くための光の剣として

一人ひとりの魂の
光の記憶を書き遺すために

許し

遥かなるときを魂はその姿を変転させて
ただひとつの道に融合するために——

祈りのあとの数秒間の真実
自らを省みて流れる涙は心を洗う
私の一日は天に許され——統べる意思を観じ
許されて生きてゆく——無限のときを手に

昨日の過ちに命を召されることもなく
明日懐《いだ》くかもしれない迷いのなかに
生きることの真意を探し始める

なんという常勝！

なんという慈悲！
なんという無限！

この世に勝敗があるとすれば
人生の問題集に取り組む姿勢において判定される

この世で躓《つまず》くものに無駄はない
この世に挫折は存在しない
弓を射る前に力を溜める静止
飛びたつ前の筋肉の収縮

来世も
その次の世にも
この愛の法則が世界を統《す》べるかぎり
私たちの前に、仏の許《もと》へと続く道が伸びるかぎり

小人たち

小人たちは踊る
世界中の舞台を二本の短い足で飛び跳ねるため
小人たちは歌う
その声に人々が脱帽し陶酔することを信じて
小人たちは学ぶ
人の心を自由に操れる道具を開発するまで
小人たちは測る
鉛のように重く限られた長さの物差しで
小人たちは進む
急傾斜の坂道を崖に向かい降りて行く
小人たちは眠る
その間に追いぬく者などいないから
小人たちは考える

昔の賢者たちにも教えようとして
小人たちは微笑む
自分に微笑んでくれた人にだけ
小人たちは酔う
石ころの中に見つけた思想に
小人たちは求める
過去の栄光と現在の称賛と
小人たちは探す
この世に終《つい》の住み処を
小人たちは住まう
誰かの心の空洞に

・（ピリオド！）

（注）小人…精神的なる意味において。ここではおもに、無神論者、唯物論者を指す。

苦しみから、やすらぎへと

あなたのその手の中に掴《つか》んでいるものは何ですか?
握り締めているものは何ですか?
手の平から血が滴り落ちて
足元には赤い海が広がっても
決して放そうとしないものは何ですか?

あなたはそれを手に入れることを
人生の目標とし、幸せだと感じてきたのでしょう

しかし
その顔が苦痛に歪むのはなぜなのでしょうか?
手に入れれば入れるほどに
心が欲して満たされないのは、なぜなのでしょうか?

あなたは今、ひとつの苦海に溺れているのです
その海の底は黒く深く
その足には棘の生えた藻が絡んでいても
沈もうとする鉛のように重い数々のものたちを
必死で握り続けているのです
「わたしのもの、わたし自身――」

人が生きるのは苦しみの海の底ではありません
突きぬける空を見上げて生きるのです

あなたが掴んでいるものは、
空のように実体が無いものなのです
あなたが掴まなくてはならないものは、
空のように澄み渡り、やすらぐ心そのものなのです

私の居るところ

衰退と誕生の交差するところに
私を訪ねてください
きっと私はそこに存在するでしょうから
あなたの魂を無限の成長へと導きましょう

問い掛けと追憶のなかに
私を感じてください
きっと私はそこに姿を持つでしょうから
あなたの魂を愛の統べるものとしましょう

しかし私は
偽善と妄想とのなかには存在しません
そこに在るのは堕落という
空間を持たない壁面だけでしょうから

朝の詩《うた》

凛として真っ直ぐで
ときに体をらせんのように包み込む
はじまりの予感
幸福へと導くひとすじの意思

それは——新生への誓い
幾億の歴史の世に誰よりも先に姿を現し
地上に光をもたらす
地上に悦びをもたらす

ただひとつの意思の下に
賢者は目覚め
求道者は祈りの言葉を探し出す

新たな愛の波動の中に人の心は覚醒する
動き出す時間のはじまりに訪れる
ひとときの静止の空間
世界はしばし瞑想し
心は天上へと昇りはじめる

そして
人は見上げる
山の頂から射し来たる
永遠のかよう道を
ひろげられた神の両手を
秘められた荘厳な世界の成り立ちにも似た
光の誕生の瞬間を

光のなかに、闇のなかに

――光のなかに、闇が見えます
微笑みのなかに、憂いが見えます
純粋のなかに、嫌悪が見えます
平野のなかに、垣根が見えます
いかなるときに人は闇を創造するのでしょうか
その微かな痛みは涙に変わるのでしょうか
涙はそのとき魂を解き放つのでしょうか

――闇のなかに、光が見えます
孤独のなかに、優しさが見えます
軋轢のなかに、自由が見えます
争いのなかに、祈りが見えます
いかなるときに人は光を求めるのでしょうか

闇のなかに観《み》る光はなぜに
あれほど荘厳なのでしょうか
崇高な響きを帯びているのでしょうか
心に懐かしい輝きを呼び覚ますのでしょうか

夕暮れに

暮れかかる斜めの光に
子どもは母の頬のぬくもりを見つけ
老人は人生の真理に出会い
罪人は祈りの場所を探し
富める者はランプを翳《かざ》し
心豊かな者は施しを与え
人の上に立つ者は天の下に伏し
求める者は足ることを知り
孤独は影に姿を隠し
鳥たちは木々に戻り
枯れ葉は毛布に変わり
波は海へと帰り
魚たちは煌めきの思い出を囁《ささや》きはじめ

山の端は有終の美にふるえ——
仏神は沈黙のなかに真実を語りはじめる

哀しみの花束

私が束ねるのは、哀しみの花束です
その色は深淵より湧き出で、その輝きは厳かで
幾多の試練を越えた花々は枯れることなく
あなたの胸もとで永遠に光を放ちます

人生の底を確かめた人の心に
私はその花束を捧げましょう
その花々は人々に優しい光を届けます
不屈の愛を教えます

哀しみのときには
美しく彩られているという真実を
魂に必要な光が与えられているという真実を

あなたは知ることでしょう

哀しみのなかにある人よ、
苦しみのなかにある人よ、
光のなかに抱かれる人よ、
暗闇の世に悦びをもたらす人々よ、
この世のすべてに優しい眼差しを向ける人々よ、
真実のときを築く人々よ、

私はその胸に
黄金の花束を刻む準備は既にできています

真実の扉

私は真実の扉の前に立とうとして
その近道を探して苦難の世界に身を投じた

私は真実に満ちた世界から生まれ
真実を覆い隠された世界に生きることを願い出た
泥のなかに埋まる数々の秘宝を
この魂で掬《すく》うため
何もかも忘れて、何ひとつ持つこともなく
魂の記憶だけを信じて

私の歩く道にその扉は現れて
試しのときは訪れる

虚飾の扉は大きくきらびやかで
到る所に存在し、誘惑の渦を巻き
またその向こうに多くの人々の声がする
一時期の享楽を囲む儚《はかな》い声がする
そのひとときは無限の後悔という出口へと誘う

しかし
真実の扉は求める者の前にしか現れず
とても静かで、一切を語らない
私はその静寂の空間にひとり降り立ち
魂の願いを聞き、扉を開く——

その入口で私はさらに何もかもを失い
やがてすべては与えられる

静寂

静寂は
魂の遍歴の果てに
疑問を突きつけ真偽を追い求める
私は真実を見つけようとして
私のなかに応えを探し始める

静寂は
私を呼び戻す警鐘
心に響く余韻は永く魂を揺さぶる
私は真我を見つけようとして
私のなかに居る私を呼び戻す

静寂は光を愛し

静寂は心を照射する
心は静寂とともに生まれ
静寂とともに去ってゆく

私は
静寂の語る声に耳を傾け
静寂のなかに追憶し
静寂のなかに俯瞰《ふかん》し
静寂のなかに真理を問い掛ける

静寂を愛することは
自分自身を愛すること
魂の唯一の願いを知るということ
その懐かしい響きに満たされて
光の道にやがて心は融合してゆく

静寂は私と共に歩む
私は静寂と共に進む

永き道のりを
――静かに行く、魂の呼ぶ声を聞き分けながら

クリスタル・ハート

心の宇宙に
翼を描いて
僕は
空のなかにとけてゆく

僕という存在の
その不確かな居心地や
持つほどに大切なものを無くしてゆく
虚飾の数々は
何もなくなって
失うことへの哀しみさえも
何もなくなって
空のなかにとけてゆく

手もなく足もなく
何も身につけず
あるのは
大きな翼だけ

あの空の向こうに
僕の憧れを見つけに
僕の誇りを探しに
僕の問いを迎えに
空のなかにとけてゆく

宙は僕を擁《いだ》きながら
僕の魂を擁きながら
生きることを
静かに諭す

その術を
その意味を
その悦びを――

僕らは創られて
僕らは創ってゆく
時間と空間の交わる
留まらない場所に
かたちを超えて
留まり続けるものを
発し続ける魂の光を
永遠の流れの来るほうに

僕もそこから生まれて来た
その源から誕生した
神様の愛のひとかけら

情熱の渦のひとかけら

いつか
翼を一瞬だけ失って
僕は
地上に降りてゆく
そのときには
この空を
また思い起こせるように
また飛びたてるように
今は祈りを捧げよう

自由な翼を描ける
心だけになって

砂漠

砂漠の砂は
愛することを知りません

砂漠に花は咲きません
砂漠は生命を育みません
砂漠は水路をかくします

砂漠の砂は
愛のなかに眠ったことがないからです
とどかない沈黙の空と
吹き抜ける幻のような風の気配と
空と地とを隔てる
一本の地平線しか知らないからです

この花の色を見たことがないからです
生命の毛布になったことがないからです

砂漠の砂は
かたちを持つことを拒みます
愛することを求めて揺れ動き
姿を変えることで
そこに留まろうとしています

しかし
砂漠の砂は心を持っています

蜃気楼は砂漠の見る夢
遠い日のいのちの記憶
あたたかな地の底より湧き出《いで》る
崇高な思い出への思慕の溜息

ときに思い起こしては
渇く心に自らそっと涙をそそぎます

砂漠の砂の心は
愛することを知っています

水を欲しているように
誰かの愛を欲して渇くのです

光の射すほうへ

私が灯《あ》かりを持たないころ
世の中は私をたったひとりに隔離した
私は心から滲み出た無数の小さな棘を積み上げて殻をつくり
傷つきながらも小さな自分を匿《かくま》った
（動けば棘が体を貫く、私はますます硬く蹲《うずくま》る）

私が灯かりを手にすると
その光は世の中の隅々を明らかにし
真実を覆い隠す何枚もの布は取り払われた
私は涙で慈しみという羽根を紡ぎ、自由な世界に飛び立った
（慈しみの羽根も、棘で築いた殻も、ともに私が創造したもの――）
（――ともに私の心から生まれ出たもの）
（ひとつの心から放射状に幾筋もの道は現れ、私に選択を仰ぐ――）

眼下にはもはや恐れと不安の潜む影はなく
ただひとつの光のもとに
すべての存在は輝きを内包し
すべての存在は秩序を形成し
世界は荘厳なる意思を含む大河となり流れてゆく
遥かなる上流から
生きとし生ける者の心の奥深くに湛える泉へと

ひとひらの木の葉のなかにも
生まれては死んでゆく生き物たちのなかにも
去来する人々の思いのなかにも
ひとつの光は支配する
ひとつの念《おも》いは支配する

この法灯は智慧と慈悲にて織り成す魂の黄金の衣

仏神という根源から流れ来るひとつの灯火
光の射すほうへ――
心はひとつの場所に還ることを願っている

ひとつの風景

透明な空と
深い風と
揺れる緑の木々があれば
私はなにも求めない

私は満たされ
心はそのとき慈しみの発露となる

その風景は
深遠なる思想を含み
魂に思考を与え——

悠然と佇む
なにも言わず
なにも明かさず

おそらく
魂よりも遥か先に

海は知る

海の底に眠る
過去の文明の記憶
限りない数々の歴史の爪痕

海は知る――
過去に生きた人類の叡智を
珠玉の偉人たちの物語を

海は語る――
繁栄を謳歌する人々の忘却を
沈みゆく大地の最後の嘆きを

海は黙す――
その深い慈しみの心のなかに
数多くの魂たちの願いを擁《いだ》いて
海の波は歴史のなかを流れてゆく
過去の人類の築いた遺跡を
現代の人類の築く過ちを

舟に乗って

私のなかにあなたが居られ
私のなかで私を導く

私の心は数限りない舟に乗った
ときに帆の無い舟に乗って
ときに暗闇に航路を探し
ときに壊れかけた舟に乗って
ときに溺れながらひびを塞ぎ
ときに黄金の舟にも乗って
遥かな岸を目指した
私はひとり心に海図を携えて

幾度も幾度も

数え切れないほどの涙を流した
その海の広さに
その海の深さに
その空の儚《はかな》い碧さに
その風の無償の優しさに
海の色は涙で輝き
海の波は涙で煌めく

私のなかにあなたは生きて
私のなかで舵を取る
私の涙を栄光へと変えるため
その涙はやがて栄冠の上に威光を放つ

私は幾億もの昔から
ただひとつの岸を目指している
ただひとつの導きの許《もと》に

ただひとつの「真実」という岸辺を――

歴史のその遥か先に

私たちは完成するのだろう

言葉の真意

言葉は人を超えて
言葉は海を超えて
言葉は歴史を超えて
言葉は文明を超えて
言葉は宇宙を超えて

ひとつの光源の許へと
還ろうとしている

著者プロフィール

重田 裕美子（しげた ゆみこ）

1973年２月10日、福井県小浜市に生まれる。
仏法真理をテーマにした作家を目指す。現在、東京都在住。

光の記憶

2003年2月15日　初版第１刷発行

著　者　重田 裕美子
発行者　瓜谷 綱延
発行所　株式会社文芸社
〒160-0022 東京都新宿区新宿1－10－1
電話 03-5369-3060（編集）
03-5369-2299（販売）
振替 00190-8-728265

印刷所　株式会社平河工業社

ISBN4-8355-5145-1 C0092